o milagre dos pássaros

Copyright © 2008 by Grapiúna Produções Artísticas Ltda.
Copyright das ilustrações © 2008 by Joana Lira
1ª edição, Banco Econômico S.A., Salvador, 1979

Projeto gráfico Kiko Farkas e Mateus Valadares/Máquina Estúdio

Cronologia Ilana Seltzer Goldstein e Carla Delgado de Souza

Preparação Isabel Jorge Cury

Revisão Ana Maria Barbosa e Carmen S. da Costa

Os personagens e as situações desta obra são reais apenas
no universo da ficção; não se referem a pessoas e fatos concretos,
e não emitem opinião sobre eles.

Dados Internacionais de Catalogação na Publicação (CIP)
(Câmara Brasileira do Livro, SP, Brasil)

Amado, Jorge, 1912-2001.
 O milagre dos pássaros / contado por Jorge Amado
e visto por Joana Lira; comentário de Ana Miranda. — São Paulo :
Companhia das Letras, 2008.

 ISBN 978-85-359-1348-4

 1. Ficção brasileira I. Lira, Joana.
 II. Miranda, Ana III. Título.

 08-10268   CDD-869.93

 Índices para catálogo sistemático:
 1. Ficção: Literatura brasileira 869.93

Diagramação Máquina Estúdio

Papel Pólen Bold

Impressão e acabamento Geográfica

[2008]
Todos os direitos desta edição reservados à
EDITORA SCHWARCZ LTDA.
Rua Bandeira Paulista 702 cj. 32
04532-002 — São Paulo — SP
Telefone (11) 3707 3500
Fax (11) 3707 3501
www.companhiadasletras.com.br

o milagre dos pássaros

CONTADO POR JORGE AMADO
VISTO POR JOANA LIRA
COMENTÁRIO DE ANA MIRANDA

COMPANHIA DAS LETRAS

DO RECENTE MILAGRE
DOS PÁSSAROS ACONTECIDO
EM TERRAS DE ALAGOAS,
NAS RIBANCEIRAS
DO RIO SÃO FRANCISCO

O milagre aconteceu na cidade de Piranhas, às margens do rio São Francisco, em dia de feira e animação. Comprovado por centenas e centenas de viventes, de condição social diversa, desde o rico coronel Jarde Ramalho, o que lutou contra Lampião, até pobres lavradores vindos do interior para vender sua farinha de mandioca e o milho das roças. Assistido por uma visita ilustre, recebida com festas na cidade, dona Heloísa Ramos, viúva do mestre romancista. Não sendo ela, como é público e notório, dada a mentiras, seu testemunho por si só assegura a veracidade do caso.

Heróis do acontecido foram Ubaldo Capadócio, de profissão literato de cordel, trovador popular e amante, nos três ofícios de reconhecida competência e vasta aceitação, e o capitão Lindolfo Ezequiel, cuja reputação de valentia e crueldade corria mundo naquele território de colhudos que é o chão das Alagoas. Capitão de que arma não se tirou a limpo até hoje, mas as dragonas ele as conquistou mandando gente para o cemitério, pois as ocupações em que se fez famoso eram a de pistoleiro (com a qual ganhava dinheiro e consideração) e a de esposo de Sabô, sendo que essa última profissão exigia dele capacidade, vigor e ameaças violentas à população masculina, pois Sabô — diga-se a verdade — não tinha respeito pela patente do marido, nem pela cara feia, nem pela arma mortal, e vivia de dentes arreganhados. Com Sabô sonhavam os homens todos das ribanceiras do São Francisco, solteiros, casados, noivos, amigados, incluindo menores de catorze anos. Mas coragem de enfrentar a macheza do marido, a morte no bocal do fuzil, somente ela demonstrava; os suspirantes trancavam o peito e o rabo, desviando os olhos da oferecida.

Ubaldo Capadócio enfrentou. Não por ser de coragem desmedida, impávido. Por ignorância dos fatos e das condições locais, forasteiro de passagem em cata de leitores, de feira animada para nela vender os folhetos de cordel — o último deles, *O caso da grã-fina que se amigou com o lobisomem*, vinha obtendo sucesso e merecido —, de festa na qual tocar harmônica e improvisar versos, de cama acolhedora, seio de morena onde descansar das lides. Fosse por que motivo fosse, enfrentou o pistoleiro e o fez vestido de camisola de mulher, das bem curtinhas, para ser exato a peça superior do baby-doll cor-de-rosa de Sabô.

O trovador Ubaldo Capadócio tinha estampa, arrebatava corações. Caboclo alto e garboso, um galalau, cabeleira esgrouvinhada, riso fácil, conversa de salão salpicada de ditos engraçados e palavras de dicionário, mal chegava, logo a roda de prosa se estabelecia. Na vastidão dos sertões da Bahia e de Sergipe onde habitualmente exercia deveres, cuidados e alegrias, era figura popular e requisitada. Vinham buscá-lo de longe para animar batizados, casamentos, velórios: não havia igual num brinde aos noivos, melhor contador de casos numa vigília, capaz de fazer o próprio defunto rir e chorar. Não se trata de força de expressão, pois o fato aconteceu e há testemunhas vivas, capazes de dar depoimento. Citarei apenas dois nomes, entre vários: o de mestre Calasans Neto e do trovador grapiúna Florisvaldo Matos. Ambos viram quando o finado Aristóbulo Negritude abriu a gargalhada, ali mesmo deitado no caixão, mortinho da silva, ao ouvir Ubaldo Capadócio contar a história da baleia que apareceu em Maragogipe. Não cito o pintor Carybé por ser mentiroso inveterado. Segundo ele, Negritude não somente riu, como acrescentou detalhe (sujo) à narrativa. Na opinião dos entendidos, o detalhe porco é invenção do próprio Carybé, cidadão de moral duvidosa, já que Aristóbulo se bem que pernóstico não era homem de pregar remendo em relato alheio, defunto delicadíssimo.

Num forrobodó, nem se fala: Ubaldo Capadócio demonstrava seu inteiro valor. A harmônica de encontro ao peito, a voz rouquenha lavada no gole de cachaça, langoro-

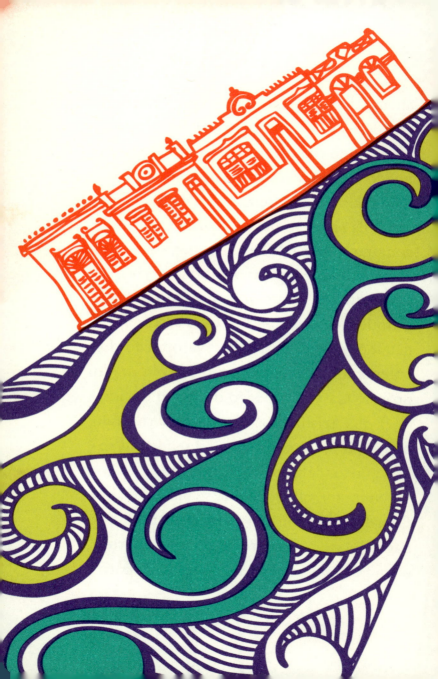

so olhar de súplica, a dedilhar amor. Arrancando suspiros, recolhendo promessas de solteiras e casadas, de amigadas e escoteiras, de inconsoláveis viúvas — consolar viúvas fazia parte de sua generosa natureza. Fundos suspiros, ardentes promessas, mas recolhia igualmente ameaças e juras de vingança. Não sendo medroso, ia em frente.

De natural andejo, viu-se de casa montada, lar estabelecido — casas e lares — tanto na Bahia como em Sergipe. Estampa e fama, já pensaram? Tantas mulheres, a todas permanecia fiel, constante coração. Com nenhuma rompeu (à exceção de Bráulia, mas Bráulia, meu Deus...), a nenhuma despediu, mandou embora. Elas, sim, se mandavam, safadas da vida, proclamando-se vítimas de abuso e traição, quando comprovavam a existência de outras, de várias outras — como se um bardo errante, afastado do lar durante semanas, quinzenas, meses, pudesse guardar castidade. Esses bruscos rompimentos jamais aconteciam por iniciativa de Capadócio, e o deixavam inconsolável; ao perder uma delas, sua reação era a de quem estava perdendo a única mulher de sua vida. Sendo muitas, todas eram a única, quem não entende a adivinha nada sabe dos mistérios do amor. Qual o motivo das repetidas ingratidões, por que esse absurdo egoísmo exclusivista se a ele, Ubaldo Capadócio, não lhe faltava força de arrimo e decisão para a todas satisfazer com plenitude na cama e no sentimento, sobrando-lhe para tanto competência e fantasia?

Algumas não partiam, conformavam-se, e assim, aos trinta e dois anos, quando sucedeu o milagre de Piranhas, Ubaldo Capadócio sustentava três famílias com proventos dos folhetos de cordel, da harmônica e da viola, com a voz rouquenha e as rimas da poesia — rimas ricas ou pobres, não importa, poesia era e lhe dava o de-comer para as três esposas, todas ilegítimas, e os nove filhos, três dos quais de criação.

Duas famílias plenamente constituídas, com mulher e filhos cada uma; a terceira, ainda sem rebentos. Rosecler, recente, apenas saída da lua-de-mel, não tivera tempo de gravidez e parto, sendo no entanto a mais cara das três, gastadeira, doida por enfeites, anéis, pulseiras, correntes. Em troca, aquele mimo, mistura de mel e de pimenta.

Prolífero, abundante de trovas e filhos, dos nove, como já foi dito, apenas seis nasceram de seu sangue, três com Romilda, três com Valdelice. Dos três de criação, o mais velho viera com Romilda quando a mulata decidiu abandonar o marido no balcão do mercado em Aracaju e seguir os acordes da viola mágica do solitário e triste trovador.

Solitário e triste porque se o vivente está apaixonado por uma determinada fulana, o pensamento nela, enrabichado, mesmo tendo outras com quem vadiar dia e noite, mesmo assim permanece sozinho — apenas a excomungada é capaz de romper tristeza e solidão, servir de companhia e desenfado. Ao vê-lo derrotado, Romilda amoleceu, arrumou a trouxa mas antes explicou: largo o marido mas levo o filho, não me separo dele. Será meu filho, rugiu Capadócio, dramático, a mão sobre o peito. Fossem três ou quatro e ainda assim ele aceitaria a transação, doido para ver Romilda na cama, tocar-lhe os peitos, alisar-lhe as coxas. Traga filho e traga sobrinho, traga a família toda se quiser!

O segundo, de nome Dante em honra do poeta, fora adotado por Capadócio e Valdelice quando a mãe morrera, deixando-o com seis meses e uma disenteria feroz. Impossível confiá-lo ao pai: repentista e cachaceiro competente, Bernardo Sabença não levava jeito para criar filho, ademais com aquela soltura e fedentina.

Quanto ao terceiro, Preá de apelido devido à voracidade do apetite, dele nada sabiam — parentesco, idade, nome —, simplesmente o recolheram nos caminhos do sertão, comendo barro — não fortalece mas não é ruim de gosto. Examinando traços e tendências de Preá, o cabelo loiro, os olhos azuis, as mãos hábeis, rápidas no furtar tudo quanto lhe fica ao alcance dos dedos, Valdelice, psicóloga amadora, atribui-lhe pai fazendeiro ou doutor, um lorde, restando por conta da mãe a pele escura.

Para satisfazer algum curioso de detalhes precisos, acrescente-se que o lar de Ubaldo com a bela Romilda encontra-se na cidade de Lagarto, no estado de Sergipe, enquanto a residência do casal Valdelice-Capadócio fica no beco das Baraúnas, em Amargosa, na Bahia. Também no estado da Bahia geme saudades a jovem Rosecler, num subúrbio de Jequié, cidade grande. Ubaldo Capadócio disse adeus às três, até breve, porque quem dá adeus para sempre é defunto na hora do funeral. Lá se foi conhecer e faturar o celebrado estado de Alagoas onde a vida vale pouco mas a poesia é muito prestigiada, um bom trovador encontra aceitação, ganha dinheiro e, tendo coragem, esquenta o leito de formosas morenas.

A excursão pelo valoroso sertão alagoano ia de vento em popa. Festas, feiras, batizados, até uma Santa Missão em Arapiraca; Ubaldo Capadócio, sua harmônica, sua viola, a maleta com os folhetos de cordel, arrecadando uns trocados, derrubando corações. Por fim atingiu o rio São Francisco

e veio vindo pelas margens chegando assim a Piranhas, cidade célebre pela beleza da paisagem e do casario e por ter resistido ao grupo de Lampião em tempos idos, fato cantado em cordéis da época. Pode-se somar a essas razões de orgulho o fato da cidade abrigar dentro da muralha intransponível formada pelas pedras o já citado capitão Lindolfo Ezequiel e a sua legítima esposa Sabô, também citada antes mas sem dúvida merecedora de referência maior pela graça do corpo, o andar de dança, a bunda em despropósito, um abismo, as covas das faces, os lábios que a dita-cuja mordia para fazê-los mais vermelhos e também para dizer que sim, que ela estava querendo, que se pudesse, ai!, e mais outros quês e porquês. Sabô não era gente, era a tentação do demônio solta em Piranhas. Mas quem se atrevia? Terra de machos, de topetudos, de valentia comprovada, Lampião que o diga; mas Lindolfo Ezequiel despachara boa quantidade de bravos, a mando e pagamento de ricaços, para ganhar o sustento dele e da mulher cheia de dengues, e alguns outros por conta própria, gratuitamente, apenas por suspeitar de intenções malévolas dos finados em relação à casta Sabô. Na sua opinião de marido, ciumento porém justo, Sabô era inocente pomba sem fel. Por mais de uma vez o trovador Ubaldo Capadócio vira-se metido em embrulhadas por causa de mulher. Pulou janela, pulou cerca, pulou muro, varou mato cerrado, invadiu casa alheia clamando socorro, mergulhou nas águas do rio Paraguassu, uma vez foi alvejado à queima-roupa, mas Xangô, seu pai, o protegeu, e, ademais, sendo o vingador militar e campeão de tiro ao alvo, o perigo de acertar não era grande.

Em Piranhas, apenas chegado, ele foi

parar na cama de Sabô, cama que, por casamento de papel passado no padre e no juiz, era também a de Lindolfo Ezequiel, naqueles dias em viagem, para cumprir uma empreitada. Encomenda feita por um deputado levara Lindolfo com sua artilharia a município distante onde o condenado residia. Campo livre, dissera Sabô, apressada, coitadinha. Ainda assim houve quem avisasse o trovador do perigo de morte — o dono da pensão onde se hospedara, também ele dado à poesia de cordel: o melhor é cair fora, meu camarada, Lindolfo Ezequiel tem para mais de trinta mortes, sem falar nas primeiras quando ainda não era famoso pistoleiro. Ubaldo não acreditou: esses alagoanos são por demais patriotas e afinal mulher vale a pena, mesmo se correndo grande risco.

Atravessou a porta da casa de Sabô de

noitinha, tendo sido visto. Manhã alta ainda lá estava pois a moça andava carente, pedia mais e mais, e quanto ao nosso trovador, encontrando parceira de arrelia, gostava de demonstrar sua competência — não apenas a força e o fogo, também os requintes pois ele não era nenhum ignorante na matéria, freqüentara rameiras qualificadas, inclusive uma francesa, aprendera o bom e o melhor, amante fino estava ali.

Nunca se soube por que Lindolfo Ezequiel arrepiou caminho e desembocou em Piranhas na hora da maior animação na feira semanal, exatamente quando Ubaldo e Sabô se encontravam dando a da despedida, aquela do apuro, da quinta-essência, demorada pelo cansaço, e terna pela saudade. Vinha o pistoleiro de bacamarte em punho, bufando e anunciando morte precedida de castração em praça pública. O povaréu foi se juntando

atrás dele, animadíssimo com a proclamação; parecia acompanhamento de procissão de Senhor Morto.

Lindolfo meteu o pé na porta, Sabô reconheceu os modos: É meu marido, disse, e riu de manso.

Rápido, com o treino de outras vezes, Ubaldo buscou com que tapar a nudez pois não era exibido, em público sempre andava decentemente trajado. Na pressa só encontrou a peça superior do baby-doll cor-de-rosa de Sabô, enfiou pelo pescoço. Sendo um galalau, não chegava ao umbigo a linda veste. Mas nu, como inventaram, não estava. Saltou a janela quando o corno de revólver em punho invadia o quarto: Sabô, vítima inocente, casta esposa, acusava o trovador de tentativa de sedução e estupro. Quanto a ela, resistira, heróica, e exigia vingança. Vou arrancar os ovos do canalha e depois dou um tiro na cabeça dele, fique descansada, minha filha, lavo sua honra em sangue.

Atravessaram assim a feira de Piranhas. Na frente, o trovador Ubaldo Capadócio revestido de curta camisola feminina, o saco à mostra, os bagos balançando, condenados. Um pouco atrás, armado até os dentes, o pistoleiro — na mão a faca de capar porcos, afiadíssima. A seguir, o povo, querendo ver. Cansado da noite de festa e da manhã de despedida, Ubaldo Capadócio perdia terreno, cada vez mais próximos o matador e a faca. Um frio nos bagos, ai!

No meio do caminho, a feira dos pássaros, quantidade de gaiolas umas sobre as outras, fechava a passagem. Na velocidade e no medo, não pôde Ubaldo desviar-se, bateu-se contra o muro de gaiolas e viram-se os pássaros, dezenas e dezenas, libertados, em revoada. Juntaram-se todos, incontáveis, das pombas-rolas aos sabiás, dos sofrês aos cardeais, dos canários às cuiúbas, e pela leve camisola suspenderam no ar Ubaldo Capadócio, levando-o pelos céus. À frente do bando iam doze araras abrindo caminho através das nuvens, conduzindo o trovador, leve como a poesia.

Lindolfo Ezequiel ficou ali plantado em meio à feira, onde se encontra até hoje, convertido em magnífico pé de chifres, chifrizeiro mais frondoso do nordeste. Fornece aos artesãos matéria-prima para pentes, anéis, objetos variados, copos de chifre para cachaça. Assim, o antigo pistoleiro transformou-se em objeto de real utilidade pública. Quanto a Sabô, passou a pertencer à comunidade, sob a imediata proteção do coronel Jarde Ramalho, que acompanhara atentamente perseguição e milagre.

Os pássaros voaram sobre as Alagoas levando Ubaldo Capadócio, os bagos salvos, ao vento. Quando cruzaram a fronteira de Sergipe, depositaram-no num convento de freiras, que o acolheram com cortesia e não lhe fizeram perguntas.

֍

O milagre das palavras
de Jorge Amado

ANA MIRANDA

> *Prefiro o romance. Certamente não tenho capacidade para a economia de páginas que o conto exige. Sou um romancista frondoso, nos meus livros história puxa história.*
> Jorge Amado em entrevista a Edla van Steen

Jorge Amado é um romancista que aderiu à vastidão do mundo. Sua literatura nasce de memórias de uma infância passada nas fazendas cacaueiras do interior baiano e de uma adolescência solta nas ladeiras de Salvador, nasce de uma vida prodigiosa e, como na vida, história puxa história, não seria possível enfeixar de forma contida essa experiência. O conto é breve demais para expressar a vivência apaixonada de uma personalidade nascida e criada na Bahia de *Todos* os Santos e *todos* os pecados, não há como deixar de fora nenhum personagem, para o entendimento de um ser humano que mantinha a porta de sua casa aberta a leitores e admiradores, e aceitava escrever recomendações a todos os jovens escritores, um ser humano que falava com toda a gente, por mais humilde, por mais poderosa, que andava nas ruas a olhar as pessoas em todas as situações e arroubos.

Apesar de o conto ser um gênero bastante difundido entre os escritores brasileiros, nosso mais universal romancista escreveu e publicou apenas oito deles. Como uma lua que aparece num sistema lento e decenal, foi deixando fluir seus contos, ora por solicitação externa, ora por uma necessidade interior, e apesar de ter renegado o gênero para si, Jorge Amado é tão autêntico, desenvolto e seguro no conto quanto no romance. História puxa história: há nessa imagem o comportamento do contador de histórias, e contar histórias é um aspecto fascinante de Jorge Amado. É uma das mais belas artes da humanidade, vem de um tempo em que pessoas se reuniam em redor da fogueira para ouvir narrativas que escreviam no silêncio e na escuridão a mais profunda história humana, vem de nossa infância, quando escutávamos das aias, das mães as histórias extraordinárias ou assustadoras que nos acalantavam e formavam nossos medos inexplicáveis, nossas ânsias secretas, racionalizações acerca do mundo. A narrativa é um dom primordial, ela nos leva a perceber de forma imaginativa a aventura humana e desenvolve nossa aptidão para recriar o mundo. Contar uma história permite variações infinitas, e esse jogo favorece sua transformação, assim, os contos deram origem aos mitos, à poesia, à lenda, à novela, ao próprio romance, que é ora uma estrutura em quadros, ora em abismos, em jogos de montar, ou desmontar, ou de se encaixar, cada narrador contendo outro narrador, cada história contendo outra história, e assim por diante, infinitamente...

O milagre dos pássaros é um desses quadros. É encantador ver Jorge Amado em sua experiência como contista. Aqui ele narra uma história bela, incomum, sensual, divertida, o trovador flagrado no leito da amante e que consegue escapar, de camisola, nas asas de uma revoada de pássaros. Trama típica do Jorge Amado lírico, que parece o núcleo de um romance, e que nos leva a recordar o prazer infantil de nossos ritos de iniciação ao mundo da magia.

O milagre dos pássaros talvez seja o mais perfeito conto de Jorge Amado, do ponto de vista da construção de uma narrativa breve. A trama é linear, os elementos são todos construtivos da narrativa, há sugestão e inaudito, há silêncios e alguma contenção, e tudo parece existir em função de um final incomum. Neste conto, absurdo, irreal, de destinos estranhíssimos, mais uma vez Jorge Amado desafia as convenções do bom comportamento, desmascara os tabus da moralidade conjugal burguesa, pregando a liberdade e revelando a existência de um desejo individual que não aceita regras acerca da sexualidade. Além disso, é uma obra de eleição à figura fêmea, parte do texto é dedicada a glorificar mulheres arretadas.

O milagre dos pássaros faz um grande círculo em torno do tempo relativo, é como um resíduo das mitologias esquecidas que perderam seu sentido religioso, mas não os significados arquetípicos. Neste conto, Jorge Amado percorre as linhas mestras da fantasia na imaginação coletiva, buscando uma variante apimentada. Seu conto é descendente das fábulas com personagens animais e moral da história, dos contos da carochinha, de fadas e mouras-tortas, uma variação escrita em linguagem e construção recorrentes nesse romancista maior, com toda a pureza de sua narrativa. Jorge Amado é tão arrojado, entusiástico, verdadeiro, e seu estilo tão único, que, seja contista, seja romancista, jamais deixa de ser o maravilhoso Jorge Amado.

JORGE AMADO

1912–1930
Nasce em 10 de agosto de 1912, em Itabuna, Bahia. Em 1914, seus pais transferem-se para Ilhéus, onde ele estuda as primeiras letras. Aos onze anos, escreve uma redação escolar intitulada "O mar"; impressionado, seu professor, o padre Luiz Gonzaga Cabral, passa a lhe emprestar livros de autores portugueses e também de Jonathan Swift, Charles Dickens e Walter Scott. Em 1925, o menino foge do colégio interno Antônio Vieira, em Salvador, e percorre o sertão baiano rumo à casa do avô paterno, em Sergipe, onde passa "dois meses de maravilhosa vagabundagem". Em 1927, ainda aluno do Ginásio Ipiranga, em Salvador, começa a trabalhar como repórter policial para o *Diário da Bahia* e *O Imparcial* e publica na revista *A Luva* o texto "Poema ou prosa". Em 1928, José Américo de Almeida lança *A bagaceira*, que, segundo Jorge Amado, "falava da realidade rural como ninguém fizera antes". Jorge integra a Academia dos Rebeldes, grupo a favor de "uma arte

moderna sem ser modernista". Em 1929, sob o pseudônimo Y. Karl, publica em *O Jornal* a novela *Lenita*, escrita em parceria com Edson Carneiro e Dias da Costa.

1931–1940

Em 1931, Jorge Amado publica seu primeiro romance, *O país do Carnaval*. De 1931 a 1935, freqüenta a Faculdade Nacional de Direito, no Rio de Janeiro; formado, nunca exercerá a advocacia. Jorge se identifica com o Movimento de 30, do qual faziam parte José Américo de Almeida, Rachel de Queiroz e Graciliano Ramos, entre outros escritores preocupados com questões sociais e com a valorização de particularidades regionais. Em 1933, Gilberto Freyre publica *Casa-grande & senzala*, que marca profundamente a visão de Jorge. No mesmo ano, casa-se com Matilde Garcia Rosa, e dois anos depois nasce sua filha Eulália Dalila. De 1934 a 1938, é chefe de publicidade da Livraria José Olympio Editora. Jorge enfrenta problemas por sua filiação ao Partido Comunista Brasileiro. É preso em 1936, acusado de ter participado, um ano antes, da Intentona Comunista, e novamente em 1937, após a instalação do Estado Novo. Em Salvador, seus livros são queimados em praça pública.

1941–1945

Em 1941, em pleno Estado Novo, Jorge Amado viaja à Argentina e ao Uruguai, onde pesquisa a vida de Luís Carlos Prestes para escrever a biografia publicada em Buenos Aires, em 1942, sob o título *A vida de Luís Carlos Prestes*, rebatizada mais tarde *O cavaleiro da esperança*. De volta ao Brasil, é preso pela terceira vez e enviado a Salvador, sob vigilância. Colabora na *Folha da Manhã*, de São Paulo, torna-se chefe de redação do diário *Hoje*, do PCB, e secretário do Instituto Cultural Brasil-União Soviética. Em 1942, volta a colaborar em *O Imparcial*, assinando a coluna "Hora da Guerra" até 1945; em 1943 publica *Terras do sem-fim*, após seis anos de proibição de suas obras. Em 1944, separa-se de Matilde Garcia Rosa. Em 1945, casa-se com a paulistana Zélia Gattai, é eleito deputado federal pelo PCB e seu romance *Terras do sem-fim* é publicado pela editora de Alfred A. Knopf, em Nova York, selando o início de uma amizade que projetaria sua obra no mundo todo.

1946–1950

Em 1946, como deputado, Jorge Amado propõe leis que asseguram a liberdade de culto religioso e fortalecem os direitos autorais. Em 1947, seu mandato é cassado, pouco depois de o PCB ser posto fora da lei. No mesmo ano, nasce João Jorge, o primeiro filho com Zélia Gattai. Em 1948, devido à perseguição política, Jorge exila-se voluntariamente em Paris, sozinho. Sua casa no Rio de Janeiro é invadida pela polícia, que apreende livros, fotos e documentos. Zélia e João Jorge partem para a Europa, para se juntar ao escritor. Em 1950, morre no Rio de Janeiro a filha mais velha de Jorge. No mesmo ano, ele e a família são expulsos da França por causa da militância política e passam a morar no castelo da União dos Escritores, na Tchecoslováquia. Viajam pela União Soviética e pela Europa Central, estreitando laços com os regimes socialistas.

1951–1970
Em 1951, Jorge Amado recebe o prêmio Stálin, em Moscou. Nasce a filha Paloma, em Praga. Em 1952, volta ao Brasil, fixando-se no Rio de Janeiro. O escritor e seus livros são proibidos de entrar nos Estados Unidos durante o período do macarthismo. Em 1954, é eleito presidente da Associação Brasileira de Escritores. Em 1956, desliga-se do PCB. A publicação

de *Gabriela, cravo e canela*, em 1958, rende vários prêmios ao escritor e inaugura uma nova fase em sua obra, pautada pela discussão da mestiçagem e do sincretismo. Em 1959, recebe o título de obá Arolu no Axé Opô Afonjá — embora fosse "materialista convicto", admirava o candomblé, que considerava uma religião "alegre e sem pecado". Em 1961, Jorge Amado vende os direitos de filmagem de *Gabriela* para a Metro-Goldwyn-Mayer, o que lhe permite construir a casa do Rio Vermelho, em Salvador, onde viverá com a família de 1963 até sua morte. Ainda em 1961, é eleito para a cadeira 23 da Academia Brasileira de Letras.

1971–1985

Em 1971, Jorge Amado é convidado a acompanhar um curso sobre sua obra na Universidade da Pensilvânia, nos Estados Unidos. Em 1972, a Escola de Samba Lins Imperial, de São Paulo, desfila o tema "Bahia de Jorge Amado". Em 1975, *Gabriela* inspira novela da TV Globo, com Sônia Braga, e estréia o filme *Os pastores da noite*, dirigido por Marcel Camus. Em 1977, recebe o título de sócio benemérito do Afoxé Filhos de Gandhy, em Salvador. No mesmo ano, estréia *Tenda dos Milagres*, filme dirigido por Nelson Pereira dos Santos. Em 1979, é a vez do longa-metragem *Dona Flor e seus dois maridos*, dirigido por Bruno Barreto. A partir de 1983, Jorge e Zélia passam a morar uma parte do ano em Paris e outra no Brasil — o outono parisiense é a estação do ano preferida por Jorge, e, na Bahia, ele não consegue mais encontrar a tranqüilidade de que necessita para escrever.

1986–2001

Em 1987, é inaugurada em Salvador a Fundação Casa de Jorge Amado, marcando o início de uma grande reforma do Pelourinho. Em 1988, a Escola de Samba Vai-Vai é campeã do Carnaval, em São Paulo, com o enredo "Amado Jorge: A história de uma raça brasileira". Em 1992, preside o 14º Festival Cultural de Asylah, no Marrocos, intitulado "Mestiçagem, o exemplo do Brasil", e participa do Fórum Mundial das Artes, em Veneza. Em 1995, recebe o prêmio Camões. Em 1996, alguns anos depois de um enfarte e da perda da visão central, Jorge sofre um edema pulmonar em Paris. Em 1998, é o convidado de honra do 18º Salão do Livro de Paris, cujo tema é o Brasil, e recebe o título de doutor *honoris causa* da

Sorbonne Nouvelle e da Universidade Moderna de Lisboa. Em Salvador, praças e largos do Pelourinho recebem nomes de personagens de seus romances. Após sucessivas internações, Jorge Amado morre em 6 de agosto de 2001.

JOANA LIRA nasceu no Recife em 1976 e mora em São Paulo há dez anos. Formou-se em design gráfico pela Universidade Federal de Pernambuco em 1997. É ilustradora, e desde 2001 desenvolve o projeto de identidade visual e cenografia do Carnaval do Recife. Além deste livro, ilustrou *Contos e lendas afro-brasileiros: A criação do mundo* (Companhia das Letras, 2007), de Reginaldo Prandi, entre outros.

ANA MIRANDA nasceu em Fortaleza, em 1951. Morou em Brasília, no Rio de Janeiro e em São Paulo. Hoje vive no Ceará. Estreou como romancista em 1989, com *Boca do Inferno* (prêmio Jabuti de revelação). De lá para cá escreveu diversos romances, entre eles *Desmundo* (1996), *Amrik* (1997) e *Dias & Dias* (2002, prêmio Jabuti de romance e prêmio da Academia Brasileira de Letras), publicados pela Companhia das Letras. Colabora com a revista *Caros Amigos* e é colunista do *Correio Braziliense*. Foi escritora visitante em universidades como Stanford e Yale, nos Estados Unidos, e representou o Brasil perante a União Latina, em Roma.

COLEÇÃO JORGE AMADO
Conselho editorial
Alberto da Costa e Silva
Lilia Moritz Schwarcz

O país do Carnaval, 1931
Cacau, 1933
Suor, 1934
Jubiabá, 1935
Mar morto, 1936
Capitães da Areia, 1937
ABC de Castro Alves, 1941
O cavaleiro da esperança, 1942
Terras do sem-fim, 1943
São Jorge dos Ilhéus, 1944
Bahia de Todos os Santos, 1945
Seara vermelha, 1946
O amor do soldado, 1947
Os subterrâneos da liberdade
    Os ásperos tempos, 1954
    Agonia da noite, 1954
    A luz no túnel, 1954
Gabriela, cravo e canela, 1958
De como o mulato Porciúncula descarregou seu defunto, 1959
Os velhos marinheiros, 1961
A morte e a morte de Quincas Berro Dágua, 1961
Os pastores da noite, 1964
O compadre de Ogum, 1964
Dona Flor e seus dois maridos, 1966
Tenda dos Milagres, 1969
Tereza Batista cansada de guerra, 1972
O gato malhado e a andorinha Sinhá, 1976
Tieta do Agreste, 1977
Farda, fardão, camisola de dormir, 1979
O milagre dos pássaros, 1979
O menino grapiúna, 1981
A bola e o goleiro, 1984
Tocaia Grande, 1984
O sumiço da santa, 1988
Navegação de cabotagem, 1992
A descoberta da América pelos turcos, 1992
Hora da Guerra, 2008